DISCOURS
PRONONCEZ
DANS L'ACADÉMIE
FRANÇOISE

Le Jeudy vingt-cinquiéme Février MDCCXXIII.

A LA RECEPTION

DE MONSIEUR L'ABBÉ HOUTTEVILLE,

A PARIS,

De l'Imprimerie de JEAN-BAPTISTE COIGNARD, Imprimeur
ordinaire du Roy & de l'Académie Françoise.

MDCCXXIII.

AVEC PRIVILEGE DE SA MAJESTE'.

MONSIEUR L'ABBE' HOUTTEVILLE
ayant efté éleu par Meffieurs de l'Académie Fran-
çoife, à la place de feu M. l'Abbé MASSIEU,
Profeffeur Royal en Langue Grecque, y vint
prendre féance le Jeudy vingt cinquiéme Février
1723. & prononça le Difcours qui fuit.

ESSIEURS,

En entrant dans cette Illuftre Compagnie, Vous avez tous reconnu que l'honneur d'y eftre admis efpuifoit la plus vive
reconnoiffance. Lors mefme que la voftre
s'expliquoit avec tant de grace, vous re-
prochiez encore à l'efprit de feconder mal

A ij

vos fentimens. Au milieu de ces tours in-
efperez qui varioient fi noblement un hom-
mage tant de fois rendu, voftre éloquence
modefte fe plaignoit à ceux qu'elle venoit
remercier, de luy avoir enlevé ce qu'elle auroit deu leur dire. Quelle doit donc eftre ma
peine; à moy qui n'apporte parmy vous qu'un
cœur pénétré de la grace que vos fuffrages
m'accordent. Et dois-je croire qu'un retour
fi naturel m'acquitte affez de vos bienfaits ?

Non, Messieurs ; la vraye reconnoiffance que vous exigez de ceux que vous adop-
tez, celle qu'ils vous doivent, eft de fe rendre plus parfaits, & de s'efforcer d'attein-
dre où vous eftes arrivez vous-mefmes. Heureufement cette ardeur, toute ambitieufe,
peut-eftre mefme toute vaine qu'elle eft, flate
mon courage. Je fuis docile, & encore dans
l'âge des leçons, fenfible aux charmes de
l'eftude, avide de connoiftre, épris des grands
modeles ; & quand je defefpere d'en eftre
le rival, glorieux au moins d'en eftre le dif-
ciple.

Quel avantage pour moy de les trouver
parmy ceux dont je deviens le Confrere ! Ce
titre que je prononce avec tranfport va donc
me donner droit à vos connoiffances, m'af-
focier à vos lumieres, & m'ouvrir tous vos

threfors. J'aime à parcourir desja les se-
cours qui me sont destinez, & les richesses
qui m'attendent. Icy me seront confiez les
plus intimes secrets de l'art. Vous m'inspi-
rerez ce goust du beau, ce discernement
exquis & judicieux, ce choix délicat, ce naturel gratieux & doux, cette aimable & de-
licieuse simplicité, ce caractere de sublime
& de force, qui dans les divers genres met-
tent le prix aux productions de l'Eloquence.
Vous m'apprendrez à sentir ce qu'elle avoüe,
& ce qu'elle reprouve ; ce qui est dans le vray,
& ce qui n'est qu'imposant ; ce que la regle
authorise, & ce qui la blesse ; ce qui peut estre
heureusement hazardé pour embellir la rai-
son, & ce qui la dépare, ou par de vains
ornements, ou mesme par de vrayes beautez, mais respanduës & prodiguées au-delà
d'une sage mesure. Vous m'instruirez à en-
richir le style, sans multiplier les termes con-
tre le respect inviolable de l'usage ; à disci-
pliner l'imagination ; à soufmettre les nou-
veautez audacieuses à la correction du langage ; à décrire par ces traits vifs & rapi-
des qui peignent tout l'objet ; à trouver
les routes seures de la persuasion, & le
rare avantage d'estre exact sans cesser de
plaire.

Tel , Messieurs , eſt le but de vos
Aſſemblées, & tel eſtoit celuy du Grand Cardinal à qui l'Académie doit ſa naiſſance.
Jaloux de ſa gloire & de la noſtre , cet homme encore plus loüable qu'il n'a eſté loüé ,
ne renferma pas ſes vuës dans les courtes li-
mites du preſent. Il ſçut prevoir & arranger
de loin. Lors meſme qu'il faiſoit agir les
reſſorts de la plus profonde politique , qu'il
reculoit nos Frontieres , qu'il reſpandoit la
terreur de nos Armes au-delà du Rhin & du
Danube , des Alpes & des Pyrenées ; qu'il
penetroit dans les deſſeins des Cours eſtran-
geres , comme s'il euſt eſté aſſis dans leurs
Conſeils, & qu'il dirigeoit à ſon gré les deſ-
tins de l'Europe. Lorſqu'au dedans de l'Eſtat
il recueilloit les desbris de nos guerres civiles;
qu'il ramenoit à la ſubordination des ames
altieres fortifiées dans l'habitude de l'indé-
pendance; que par la plus neceſſaire de toutes
les conqueſtes , il domptoit l'hereſie , fiere
de la tolerance & de l'impunité. Lorſque
par une entrepriſe qui attendoit pour eſtre
juſtifiée que le ſuccés la couronnaſt , il donnoit des loix aux vagues de l'Ocean.
Au milieu de ces penibles veilles , il ſon-
geoit à vous , Messieurs , & il y ſon-
geoit comme à la plus noble, à la plus du-

rable portion de fa gloire. Il avoit eflevé
noftre Monarchie à la hauteur des plus grands
Empires de l'Univers ; mais nous cedions
encore le pouvoir de la parole, & c'eft par
vous qu'il voulut qu'un jour la France puft
difputer de genie avec Athenes & avec Rome.
N'avez-vous que remplis fes efperances ?
Eh ! vos Ouvrages nous ont contraints de
mettre en doute s'ils n'ont que le merite des
premiers modeles.

Quelle rapidité dans vos progrès ! L'efprit eftonné les fuit à peine. En moins d'un
fiécle vos heureux travaux nous ont repro-
duit des Sophocles, des Euripides, que toutes
les Nations traduifent à l'envi, & qui ont
accru dans la noftre les fentiments heroïques,
le genereux amour de la Patrie, & la noble
émulation pour les vertus civiles. Un autre
Homere a parlé noftre langue, avec la fageffe
de Virgile. C'eft la vertu elle-mefme qui l'in-
ftruit à former les Rois. Ses pures Leçons
raviffent l'ame, & l'harmonie poëtique de fa
Profe enchante l'oreille. De la Lyre de Pindare, muette durant tant de fiécles, font fortis
de nouveaux accords. Ouy, peut-eftre que
la Grece, qui en eftoit fi vaine, n'en a veu
que les effais, & que la pofterité nous ap-
plaudira d'en avoir veu la perfection. Plaute

a reparu , mais plus modefte ; Terence,
mais plus vif, plus intereffant & plus varié.
Horace s'eft remontré , mais plus chafte ;
Philofophe efgalement enjoué, & cenfeur du
moins auffi moral. Le Phedre du dernier fie-
cle raconte avec l'élegance de l'Ancien ; & il
a de plus le naïf fimple d'Efope, jufqu'alors
inimitable ; modele luy-mefme fi bien imité
depuis. Theocrite & Virgile fe font fait en-
tendre parmi nous. Ce font les mefmes Ber-
gers ; mais leurs concerts font plus élegants,
plus tendres, & ils choififfent mieux les fujets
de leurs chanfons. Un imitateur original a
fait revivre Lucien ; je le reconnois à la lege-
reté ingenieufe dans les matieres mefmes les
plus aufteres.

Je m'arrefte, MESSIEURS, un trop grand
fpectacle s'offre devant moy. Sous les
noms d'Orateurs, de Philofophes, de Theologiens, de Traducteurs, & de Critiques,
je louerois tous ceux qui m'entendent , &
je n'ay pas encore appris à louer digne-
ment. Non je ne fuis point eftonné qu'a-
près la perte de SEGUIER, fi capable d'ef-
fuyer vos premieres larmes , votre Protec-
teur ait efté celuy de l'Eglife & des Rois.
Il falloit que le plus grand homme fuft à
la tefte de la plus brillante Compagnie
de

de l'Europe , & que vous marchaffiez en-
femble à l'Immortalité ; LOUIS , par les
Exploits qu'il vous donnoit à celebrer ;
Vous , par le foin de les tranfmettre à l'a-
venir & de les luy rendre croyables.

Vous avez chanté les victoires d'un Regne fi fécond en prodiges de valeur ; aujourd'huy s'ouvre une carriere nouvelle à
vos talents. Un jeune Roy que la Provi-
dence tenoit en referve pour perpetuer
l'honneur de fa Race , prend les refnes de
fon Empire , & commence l'exercice de
ce vafte pouvoir qu'il a reçeu de fes An-
ceftres. Heritier de leurs vertus autant que
de leur Couronne , tout nous flate de re-
trouver en luy la pieté folide de fon Pere ,
l'humanité genereufe de fon Ayeul , & le
fage heroïfme de fon Augufte Predecef-
feur. Et pourquoy donnerions-nous des
bornes à nos efperances ? Quelqu'un né
pour commander a-t'il monté jamais fur le
Throfne après une éducation marquée de
plus de fuccès, & dans un amas de conjonctu-
res plus favorables ?

Graces à la fageffe du Prince , digne dé-
pofitaire du Sceptre , une tranquille paix regne fur nous , & toute l'Europe en reffent
les douceurs ; nos campagnes , auparavant

B

eſpuiſées, ont reparé ce que leur couſtoient
nos conqueſtes. Le Commerce refleurit;
nos vaiſſeaux, ſi long-temps oiſifs, ſortent
de nos Ports, vont chercher les richeſſes
de l'Orient, & leur retour multiplie noſtre
abondance. Les deux plus grands Royau-
mes ſe ſont liez par un double gage. La
juſtice & la victoire avoient mis le meſme
Sang ſur les deux Throſnes, & la paix y a
placé pour toûjours le même cœur. L'Egli-
ſe de France voit s'eſteindre chaque jour
les conteſtations nées d'un zele contraire;
un ſilence prudent en a desja banni la diver-
ſité du langage, & nous promet d'y revoir
bientoſt l'édifiante uniformité des ſenti-
ments. Un Miniſtre deſoccupé de luy-meſ-
me, & ſeulement ambitieux pour la gloire
de ſon Maiſtre, enfante, execute les plus
nobles, les plus utiles deſſeins. Génie
penetrant, ſublime, fort, & plus grand
que ſa fortune; habile dans l'art de faire
ceder aux ſeules forces de la raiſon ceux
qui pouroient reſiſter à toute autre puiſſan-
ce; exercé dans la ſcience de connoiſtre
les hommes & de les employer; inepuiſa-
ble dans les reſſources; conciliateur des in-
tereſts les plus oppoſez; impenetrable &
ferme dans ſes projets; fidele à la religion

des promeſſes ; cheri de ſon Prince ; reſpec-
té des Alliez ; infatigable dans les travaux qui l'immolent aux beſoins de l'Etat,
il ne connoiſt, il n'enviſage de recompenſe
que la felicité generale que nous preparent
ſon zele & ſes talents.

Voilà, MESSIEURS, ſous quels auſpices
va commencer le nouveau Regne. Approu-
vez que je cede à l'impatience de louer
bientoſt avec vous les grands évenements
qu'il preſage, & qu'au moins par cette ardeur je tente d'adoucir les regrets que vou
donnez à celuy dont j'occupe la place. Con-
vaincu que les exemples ſont les plus puiſ-
ſantes leçons, j'ay voulu, j'ay oſé m'inſtrui-
re de tout le mérite d'un tel Predeceſſeur,
& je crois le voir cet homme vray, ſimple,
modeſte, orné ſeulement de ſa vertu & des
richeſſes de ſon ſçavoir. Profond dans la con-
noiſſance des Langues anciennes, il s'eſtoit
fait par elles un accès tousjours ouvert au-
près des grands Genies des ſiecles ſçavants ;
& de ce commerce ſi doux à qui l'a gouſté,
naiſſoient pour luy d'utiles plaiſirs qu'il tour-
noit à l'avantage public. A l'aide de ces vives
lumieres de l'Antiquité il avoit veu le beau
dans ſa ſource, & il y avoit puiſé. Fidele
à des guides ſi eſclairez, & qui eux-meſmes

n'en avoient point d'autres que la **Nature**, l'unique paſſion qu'il ſentit fut de les faire connoiſtre; & peneſtré de ce qu'il leur devoit, ſa juſte reconnoiſſance ne s'occupa que du ſoin de leur attirer de nouveaux hommages Delà cette admirable verſion de Pindare leuë dans une docte Aſſemblée qui décerna des honneurs preſque égaux au Traducteur & au Poëte. Delà cette attention vigilante pour les Ouvrages d'un illuſtre Amy, où le premier Orateur de la Grece vit & reſpire encore avec ſa noble vehemence. Delà ce gouſt pur de perfection qui dans le travail meſme où il ſe devouoit à la gloire d'un Confrere, luy laiſſoit appercevoir dans un autre de foibles deffauts, perceptibles à peine dans le prodigieux nombre de ſes beautez neuves.

Bientoſt vous verrez, MESSIEURS, ce qu'il avoit compoſé ſur la Poëſie Françoiſe. C'eſt l'hiſtoire de vos Predeceſſeurs, c'eſt la voſtre meſme, c'eſt la preuve de ſon attachement pour l'Académie. Qualité que je mets encore au-deſſus des autres; peut-eſtre par le plaiſir de louer dans celuy que je remplace, un zele que je reſſents au meſme degré que luy. Unique conformité dont il m'eſt permis de m'applaudir.

APRES QUE MONSIEUR L'ABBÉ
HOUTTEVILLE *eut achevé son Discours,*
Monsieur l'Abbé MONGIN, *Directeur de*
l'Académie, respondit,

ONSIEUR,

L'excellent Académicien à qui vous suc-
cedez, estoit un de ces hommes recommand-
dables par un merite plus solide qu'esclatant,
& plus connu des Sçavants que du Public.
Riche des plus précieux thresors de l'Antiquité, il n'a montré ses richesses que dans
son testament, & dans le despost qu'il en a
confié à un illustre Confrere. * Ses Ouvrages
long-temps annoncez avec éloge, pouvoient
sur la foy des Juges les plus esclairez, paroi-
stre avec succès; mais Monsieur l'Abbé Mas-
fieu, tousjours plus ami de la vertu, qu'il n'estoit amoureux de la gloire, a mieux aimé

* M. de Sacy.

B iij

conferver jufqu'à la mort, tout le merite de fa modeftie, que de joüir d'une reputation qui auroit peu le rendre plus celebre, mais qui ne pouvoit jamais le rendre plus eftimable.

Vous commencez, MONSIEUR, une carriere differente, & le Public qui vous eft redevable de l'Ouvrage † le plus interreffant qui puiffe occuper la raifon, n'aura pas fans doute efté furpris de noftre choix. Il l'auroit efté de noftre oubli ou de noftre lenteur. Voftre jeuneffe ne pouvoit authorifer nos retardements. Nous pefons le merite, & nous n'attendons pas les années. Nous trouvions en vous le Sçavant, l'Orateur & un deffenfeur de la Foy; falloit-il que tous ces titres devinffent furannez pour honorer nos fuffrages?

Nous les devions à ces vives lumieres qui ont porté l'évidence jufques dans les profondeurs de la revelation & des divines Ecritures. Les Peres de l'Eglife dont vous nous avez retracé les vivantes images; les faints Prophetes que vous nous avez fi clairement expofez comme les premiers tefmoins du Meffie, & les premiers confidents du Createur, nous avoient tous parlé pour vous. Et c'eft la Religion elle-mefme conduite par l'élo-

† Traité de la Religion prouvée par les faits.

quence, qui vous a pour ainſi dire ouvert nos
portes.

Juſques-icy les Sçavants de l'Antiquité,
nos veritables modeles, nous avoient recom-
mandé leurs diſciples. Mais ces grands hommes n'ont eſté que vos premiers Maiſtres.
Formé dans leur école, vous avez cherché dans
des ſources plus pures, un objet plus digne
de vos talents. Eſleve de Demoſthene, vous
n'avez appris à manier ſes foudres, que
pour faire tomber ſes idoles ; & plein du feu
qui l'animoit pour la deffenſe de la liberté,
vous ne luy avez enlevé les traits dont il per-
çoit le tyran de ſa Patrie, que pour en abat-
tre les ennemis de la Religion.

Les Philoſophes n'avoient eſclairé que la
raiſon, & l'avoient ſouvent ſeduite. En ad-
mirant Platon, je m'eſgare. D'un autre coſté
je vois les plus ſublimes Theologiens raiſon-
ner de nos myſteres, ſans les eſclaircir. Mais
dans le ſçavant Traité que vous nous avez
donné de la Religion Chreſtienne, vous fixez
la raiſon, & vous affermiſſez la Foy. La Foy
par elle-meſme eſt obſcure, c'eſt une nuit
qu'il faut eſclairer ; & tant qu'on ne traite
que du dogme, on ne ſort point de cette nuit
profonde. Mais quand on me deſvoile tous
les ſiécles, quand d'âge en âge on me pre-

sente des faits devenus incontestables par leur
enchaisnement , & que je vois que celuy
qui precede , desja annoncé luy-mesme , an-
nonce encore celuy qui doit suivre , je vois
alors un flambeau qui m'esclaire & de près
& de loin ; je vois une trace & comme une
chaisne de lumieres , qui me conduit depuis
l'origine du monde jusqu'à nos jours.

A l'esclat de cette lumiere immense , mes
doutes & mes incertitudes se dissipent ; avec
ce fil sacré , fil éternel que je vois dans la
main de Dieu mesme , & qui tient depuis le
commencement jusqu'à la consommation
des siécles , je sors d'un labyrinthe d'erreurs ,
je marche sans craindre de m'esgarer , & j'é-
vite ces précipices & ces abismes affreux où
je vois s'enfoncer les impies & les incre-
dules.

Pour mieux les convaincre & les reduire
enfin à un éternel silence , vous leur avez
laissé la liberté de tout dire. Seur de vostre
cause & des forces qu'elle vous donne , vous
ne craignez point que les coups qu'on peut
vous porter , puissent jamais vous affoiblir.
Vous voulez une victoire fierement disputée,
& qui vous laisse tout l'honneur d'une longue
resistance. Les foibles dans la Foy auront
peut-estre tremblé , en vous voyant si long-
temps

temps aux prifes avec l'ennemi ; mais à un homme fage & qui veut terminer les difputes , il y a de la patience à efcouter l'incredule , & de la prudence à luy laiffer efpuifer fes forces. Ce n'eft pas affez de le vaincre, il faut le faire expirer dans le combat , & tirer de fes veines tout ce fang malheureux qui ne ferviroit dans la fuite qu'à renouveller le fcandale, & à donner de nouveaux défis à la Religion.

Non feulement vos preuves font victorieufes par leurs forces , vous les avez encore renduës brillantes par le nouvel efclat que vous leur avez donné. Si elles n'avoient efté qu'invincibles , & que vous les eufliez expofées fans ornemènts, la pareffe ou l'indolence les auroit négligées, comme ces armes antiques que leur pefanteur a fait abandonner, & dont on ne peut plus fe fervir fans en ofter la roüille, & fans les rendre plus legeres & plus tranchantes.

En effet, le grand art de perfuader fera tousjours celuy de plaire, & on ne plaira jamais avec la raifon toute feule & dénuée d'ornements. Il faut prefenter le vray fous l'image du beau ; & pour entrainer l'efprit par la force des preuves, il faut commencer à gagner le cœur par les graces & par les

C

charmes du difcours. La féduction en eft permife quand elle conduit à la verité.

Ce talent rare, & qui n'eft connu que des grands Maiftres, a efté, MONSIEUR, bientoft fenti par un grand Cardinal, dont le gouft pour les belles chofes, vous a acquis la confiance, & dont le genie pour les grandes nous rappelle tout à la fois & la place, & les titres, & le glorieux miniftere du grand Cardinal de Richelieu.

Pour nous, MESSIEURS, qui voyons parmy nous des Hommes illuftres dans les mefmes rangs d'eflevation où nos Peres avoient trouvé leurs premiers Protecteurs, rendons-nous de jour en jour plus dignes de la gloire que nous avons de ne pouvoir plus en trouver que fur le Throfne. Desja le jeune Monarque qui a fuccedé à ce titre, fe hafte de fucceder encore aux vertus de fon immortel Bifayeul; desja la carriere eft ouverte à l'heureux avenir qu'il nous prepare, preparons-luy des éloges. Puiffe le Ciel fe contenter enfin de nos dernieres allarmes, & d'avoir desja tant de fois éprouvé noftre amour. Puiffe le Grand Prince qui vient de luy remettre la fouveraine Authorité dans toute fa fplendeur, luy infpirer tousjours l'amour de la paix qu'il nous a fi

habilement confervée. Puiffe l'Augufte Prince qui a conduit fa jeuneffe, le voir toufjours marcher dans les routes de la juftice &
de la verité, dont il luy a donné des leçons
& des exemples. La fageffe & la pieté ont
formé le cœur du Roy! que de flateufes efperances dans une conjonĉture où les loix
viennent de concourir avec la raifon, pour
développer les principes de tant de vertus!

HARANGUE
AU ROY
SUR SA MAJORITÉ.
PAR M. l'ABBE' MONGIN,
Directeur de l'Académie Françoise,

Prononcée le 23. Février 1723.

IRE,

L'Académie Françoise impatiente de publier votre gloire s'eftoit contentée jufqu'à ce jour, d'annoncer à vos Peuples de grandes efperances de VOSTRE MAJESTE'; mais la nouvelle carriere où nous la voyons entrer, nous demande un autre langage. Le temps des promeffes eft paffé, & nos éloges font tout prefts. Regnez, SIRE, dans les grands principes de fageffe, de juftice, & de bonté qui Vous ont efte infpirez, & bientoft nous annoncerons à toute la terre que vos vertus auront desja furpaffé nos efperances.

Nos befoins, SIRE, & voftre gloire le demandent, & heureufement pour nous, la raifon qui dans VOSTRE MAJESTE' a toufjours devancé les années, nous en donne un gage affeuré. Desja la France fous les feuls aufpices de voftre nom facré, a veu pour la premiere fois, une Minorité tranquille. Les Princes de voftre Sang ont mis leur gloire à Vous eftre fideles, ou à Vous conduire avec fageffe. Voftre Confeil a été regardé comme l'Arbitre & l'Oracle de toutes les Puiffances. La pompe de voftre Sacre eft devenüe le fpectacle de toute l'Europe, & les feftes brillantes qui l'ont fuivie, ont efté comme autant de préfages de la felicité & de la grandeur du Regne que VOSTRE MAJESTE' nous prepare.

Vous avez veu, SIRE toutes ces merveilles, mais en les voyant VOTRE MAJESTE' n'a veu encore, pour ainfi dire, que les décorations du Throfne, & les magnificences de la Royauté. Voftre jeuneffe Vous avoit difpenfé d'en porter tout le poids, mais, voftre Majorité Vous en impofe les devoirs & les foins. En devenant Majeur, Vous devenez SIRE, le Pere de vos Peuples. Ils n'ont pas attendu pour Vous aimer, que Vous devinffiez le difpenfateur des graces & des recompenfes;

leur amour s'eſt declaré ſans l'attrait des bienfaits; & aujourd'huy pleinement raſſeurez ſur
les derniers perils qui ſembloient encore me-
nacer vos jours, ils attendent de VOSTRE
MAJESTE' qu'elle juſtifiera de plus en plus ,
& leurs acclamations tant de fois reiterées &
toutes les larmes que Vous leur avez couté.